DIE KLEINE KOMISCHE BIBLIOTHEK

BAND 6

GERHARD POLT

ABFENT, ABFENT!

mit Illustrationen von
Volker Kriegel

KEIN & ABER

Die hier versammelten Texte sind dem Band *Circus Maximus. Das gesammelte Werk* von Gerhard Polt entnommen. *Nikolausi, Sankt Nikolaus, Der Einsame, Der Weihnachtsneger, Abfent* und *Die Weihnachtsgratifikation* entstanden in Zusammenarbeit mit Hanns Christian Müller.

Neuausgabe
1. Auflage August 2008
2. Auflage November 2008
3. Auflage September 2009

Coverillustration und Illustrationen: Volker Kriegel
Gestaltung und Satz: Anna Meyer
Druck und Bindung: Kösel GmbH, Krugzell
ISBN 978-3-0369-5255-0

www.keinundaber.ch

INHALT

NIKOLAUSI

SOHN Nikolausi …

VATER Hehehe, der Kleine, hehe, nein, das ist nicht Nikolausi, das ist Osterhasi, hehehe, hehe.

SOHN Nikolausi …

VATER Hehehe, nein, das ist nicht Nikolausi, weißt du, jetzt ist ja Frühling. Es ist ja jetzt nicht mehr Winter, hehehehe.

SOHN Nikolausi …

VATER He, nein, he, das ist Osterhasi, weißt du, Osterhasi mit den Ohrli, hehehe, der bringt Gaggi für das Bubele, hehehehe, jaja.

SOHN Nikolausi …

VATER He, nein, also, nein, nein, weißt du, das handelt sich hier nicht um, äh, um, um Nikolausi, das ist Osterhasi, net, das ist ein Osterhasi, kein Nikolausi, gell?

SOHN Nikolausi …

VATER Ja, also, nein, jetz hör doch mal zu, net, wenn ich's dir scho sag, das ist, es handelt sich hier nicht um ein Nikolausi, sondern um ein Osterhasi, net. Jetzt sieh das doch mal endlich ein.

SOHN Nikolausi …

VATER Ja, also, ja, Rotzbub frecher, ja, wie soll ich's dir denn noch erklären, also so was nein, gleich schmier ich dir eine, net.

SOHN Nikolausi …

VATER Ja Herrschaftseitenmalefiz, jetzt widerspricht er ständig, net. Jetzt, jetzt hör doch amal zu, wenn ich schon sag, äh, äh, Nik… äh, O… äh, äh, das ist Osterhasi, net …

SOHN Nikolausi …

VATER Naa, das ist kein Nikolausi, net, jetzt, also, wenn einer mal sich in einen Gedanken förmlich hineinverrennt, dann ist er ja wie vernagelt, net.

SOHN Nikolausi …

VATER *schreit* Ja, also, so, ja also, du Rotzbub, net, das ist ein Osterhasi, das ist kein Nikolausi, Osterhasi, verstanden, Osterhasi …

SOHN Nikolausi …

MEINE ERSTE REVOLUTION

(für meinen Sohn Martin)

Es dauert manchmal doch geraume Zeit, bis man erkennt, daß der Nikolaus kein Heiliger, sondern ein Mensch, und der Krampus (Knecht Ruprecht, Schmutzli) ein Arschloch ist – aber ganz bestimmt kein Dämon! Die Angst vor jenen Herrn ist ein Stück guter alter Tradition und auch die Wirkung dieser Angst, die Generationen von Bettnässern erzeugte.

Ich war klein, und die Macht der Nikolaustradition ungebrochen. Die Krampusse klirrten mit Ketten. Sie waren in Felle gehüllt. In ihren rußigen Gesichtern spiegelte sich das tierische Vergnügen, mit dem Ochsenfiesel sauber zuhauen zu können. Hämisch fragten die Erwachsenen: »Und? War er schon da, der Nikolaus? Bist du auch immer brav gewesen? Weil sonst kummst nei in'n Sack!«

Ich hätte es nicht geglaubt, daß man wirklich in einen Sack hineinkommt wegen Unbravheit, aber der Ismeier Manfred, mein Kindkollege, hatte es eigenhändig berichtet.

Auf dem Land wußten wir noch nichts von devoten Kaufhausnikoläusen und von der pädagogischen Einbahnstraße, die der Krampus als Erziehungsparameter darstellt.

Es war der sechste Dezember neunzehnhundertneunundvierzig gegen neunzehn Uhr, als sich ein Stiergehörnter auch meiner bemächtigte – obwohl ich die donnernde Frage des heiligen Nikolaus: »Bist du auch immer brav gewesen?«, eindeutig und wahrheitsgemäß mit »ja« beantwortet hatte – und mich in seinen Sack stopfte.

Ketten klickten, klackten und rasselten, Schweine grunzten und Ratten pfiffen, als ich im Sack an einem Haken im Saustall aufgehängt wurde. Ich schrie eine Ewigkeit in dieser finsteren Hölle des Onkel Hieronymus Bosch. Und manchmal wache ich heute noch auf in der Nacht, schwitzend, sehe den Krampus auf mich zukommen … und ich weiß, ich habe eine Kindheit gehabt, die kann mir keiner mehr nehmen!

Umständehalber verließ ich das Land und kam in die Großstadt zur Zeit, als wiederum die Existenzfrage: »Bist du auch immer brav gewesen?« im Raum stand.

Ein zirka achtjähriger Robespierre forderte mich, den Neuling vom Land, auf:

»Und? Gehst mit, am Nikolo an Bart anzünden?«

Mir wurde schwindlig. »Einem Nikolaus den Bart anzünden«? Was heißt da »einem«? Es gibt doch nur den Nikolaus. Den heiligen St. Nikolaus! Und ihm den Bart anzünden? – Ein ungeheures Vorhaben! Vor kurzem noch vom Krampus gejagt, frisch einem noch feuchten Bett entwichen, überrollte mich die Frage des Großstadtrevolutionärs aufs neue. Sie wirkte jetzt eine Spur gleichgültiger.

»Oiso, was is? Gehst jetza mit oder net?«

»Sowieso!« hörte ich mich antworten. Mein Herz war in der Unterhose angelangt.

Kurz darauf standen wir schon vor unserer »Bastille«, der Türken- / Ecke Schellingstraße. Hundert bis zweihundert Kinder, bis an die Zähne mit Latten, Stöcken, Zwisteln und Steinen bewaffnet, harrten vor dem Portal des Studentenschnelldienstes der Nikoläuse.

Schon kam einer heraus. Aus allen Kehlen erscholl ein Pfuiii, ein Pfeifkonzert, kreischendes Hohngelächter. Ein Gewitter von Wurfgeschossen entlud sich in Richtung Nikolaus, welcher unwürdig behende auf einem Fahrrad das Weite suchte.

Ein neuer Schnelldienstheiliger wurde auf die Straße gespuckt, um Tradition zu verbreiten.

»Da is scho wieder oana!« jauchzten die jungen Revoluzzer im Kampfesrausch. »Den machma fertig!« schrien sie.

Mein Genosse und Animator reichte mir feierlich sein Sturmfeuerzeug. »Jetzt zündma eam an Bart o! Mia gebm da Rückendeckung!«

Fest entschlossen, meine jahrelange Demütigung mit einem Bartbrand zu rächen, laufe ich mit weichen Knien über die Straße, das Sturmfeuerzeug wie eine Fackel erhoben haltend. Schlachtengesänge wie »Nikolo, scheiß ins Klo!« tragen mich vor das entsetzte Gesicht des heiligen Mannes. Wieder verdunkelte sich der Himmel vor lauter Zaunlatten und Haken, Pfeilen … Wasserbomben … Eiern – es herrscht Krieg. Der Nikolaus duckt sich, macht zwei, drei schnelle Schritte und verschwindet in der Sicherheit des nahen Gemüseladens … Wumm! Ktschschk! Duiiiing! Das Schaufenster birst, ein Volltreffer! Johlen! Der Nikolaus liegt auf dem Boden, umgeben von Glas. Ein Splitter hat sein Gesicht verletzt. Rotes Blut tropft auf seinen weißen Bart. Er reißt ihn sich vom Kinn und drückt ihn auf die Wunde. Ich sehe ein junges Gesicht voller Panik.

Jetzt rollt, nach überwundener Schrecksekunde,

der Gemüsehändler mit seiner enormen Wampe auf den Nikolaus zu und bespeit ihn mit einem Potpourri von Unflätigkeiten, worin er dem Wort »Drecksau« eindeutig den Vorzug gibt. Der Nikolaus entwindet sich dem Griff des Fetten und flieht aus dem Laden. Zum Glück trifft ihn sein eigener, wie ein Speer nachgeschleuderter Krummstab nicht mehr.

Das Kinderheer auf der anderen Straßenseite aber hat sich blitzschnell aufgelöst. Und ich, ich stehe da, den blutleeren Daumen auf dem Sturmfeuerzeug.

Dann geh ich heim als Sieger. Sieger einer Revolution, deren Errungenschaften unumkehrbar sind!

PS: Sachzwänge nötigen mich seit Jahren am sechsten Dezember in ein eindrucksvolles, stilechtes Nikolausgewand. Ich versuche ein fairer, aufgeschlossener, geschenkbereiter, psychologisch hieb- und stichfester Heiliger zu sein. Nur wenn ich frage: »Bist du auch immer brav gewesen?«, beschleicht mich so ein Gefühl …

Trotzdem. Schwamm drüber! Im nächsten Jahr bin ich schon wieder voll ausgebucht.

SANKT NIKOLAUS

Straße in einer Trabantenstadt – Häuserflucht. Ein Auto kommt zügig angefahren, Vollbremsung. Ein zweites Auto muß ebenfalls scharf bremsen. Allmähliche Staubildung. Ein gestürzter Nikolaus sammelt auf der Straße seine Utensilien zusammen.

FAHRER DES 1. WAGENS *zum Fenster raus* Herrgottsakrament, du Klätzn, kost du net aufpaßn?! Geh weida, schleich di mit dein Graffe, du Huastnguatl, du windigs!

FRAU *aus dem 1. Wagen raus, kaum zu sehen* Aso laaft ma ja aa net auf da Straßn umanand, des is ja verkehrswidrig!

Der Nikolaus gibt sich sichtlich Mühe, seine Sachen schnell und unbürokratisch von der Fahrbahn zu transportieren.

FAHRER DES 1. WAGENS Kaaf dir doch an Blindenhund, bläda Siedla, wennst net alloa üba d' Straß kimmst!

FRAU *aus dem Wagen* Mir samma doch net im Fasching. So ein Kaschperl!

Es beginnt ein Hupkonzert. Der Nikolaus hat seine Utensilien notdürftig zusammengerauft, der Verkehr fließt wieder.

FAHRER DES 1. WAGENS *im Vorbeifahren* Arschloch! *Schließt sein Fenster.*

Man hört einige überfahrene Walnüsse knacken. Der Nikolaus hat sich gefangen, vergleicht auf einem Zettel eine Adresse, sieht an dem Hochhaus empor, vor dem er steht, und ist offenbar am Ziel. Er geht zum Hauseingang, sucht, läutet, wartet. Es knackt, pfeift, dann aus dem Summer eine Stimme.

STIMME *(off)* Hallo – hallo, wer is da?
NIKOLAUS Sankt Nikolaus steht vor der Tür.
STIMME *(off)* Ah, Sie sind's, Moment.

Er surrt, der Nikolaus rüttelt an der Tür, nichts geht. Der Nikolaus läutet noch mal.
STIMME *(off)* Hallo, hallo, wer is da?
NIKOLAUS Es ist abgesperrt.

STIMME *(off)* Naa. Sie müssen fest drücken.

Es surrt, der Nikolaus drückt fest, fliegt fast rein ins Haus, drückt den Liftknopf; während er wartet, repariert er vollends sein Kostüm. Die Lifttür geht auf, zwei Rocker kommen aus dem Lift.

ROCKER 1 Ui, a Nikolaus, hahahaa!

ROCKER 2 A Nikolaus, haahaahaa …

ROCKER 1 Duast scho wieder kloane Kinder vaschrecka, ha? Geh weida, eh, was hast 'n in dein Sack drin? Ha?!

NIKOLAUS *zieht seinen Gabensack an sich* Lassen Sie mich in Ruhe!

ROCKER 1 Ui, da ander! Laß mi neischaugn, Spezi!

Rocker 1 pöbelt den Nikolaus an, Rocker 2 haut ihm die Bischofsmütze vom Kopf, Rocker 1 haut dem Nikolaus vor die Brust, der Nikolaus verliert seinen Bischofsstab und rettet sich mit einem Sprung gerade noch in den Lift. Tür zu.

Wohnzimmer der Familie Klinger. Die Tür ist offen. Adolf Klinger und Sohn Robert sitzen vor dem Fernseher (Programm: Werbespot). Hannelore Klinger kommt von der Toilette (Rauschen).

ADOLF Herrgott, muaß der ausgerechnet jetzt kemman. Auf wann hast 'n denn bstellt?

HANNELORE Mei, de ham heit vui zum Doa, heit und moign.

ADOLF Kann der net früher kemman, der Krippe, weil früher sans allwei früher kemman. *Schenkt Bier nach.*

HANNELORE Vielleicht is er in an Stau neikemman, oder er hat's net gfunden. *Setzt sich, ißt weiter.*

ADOLF Wenn er besser in der Schui gwesn waar – *zeigt auf Robert* – na hätt ma heuer gar koan Nikolaus nimmer braucht.

HANNELORE Ja mei, jetzt is er scho da.

Man hört von draußen Nikolaus schüchtern kratzen und sich räuspern.

HANNELORE Genga S' nur rei, 's is offen. So, Roberti, jetz is er da.

FERNSEHER Zur Fortsetzung des Programms schalten wir um nach Bremen. – Sendezeichen.

NIKOLAUS *Halboff im Flur* Ja, bin ich hier richtig? Ich such den Robert Klinger.

HANNELORE Ja, kemma S' doch rein, legn S' ab.

Der Nikolaus betritt das Zimmer. Irritierter Seitenblick

auf den laufenden Fernseher (im Fernsehen gerade Ansage: Vier Fäuste für ein Halleluja o.ä.)

NIKOLAUS Guten Abend.
HANNELORE 'n Abend.
ADOLF Roberti, geh weida … *Bedeutet ihm aufzustehn.*

Robert stellt sich vor den Nikolaus.

HANNELORE Nimm dein Kaugummi raus.

Robert folgt.

NIKOLAUS Vom drauß' im Walde komm ich her, ich kann euch sagen, es weihnachtet sehr. Du bist also der Robert Klinger?
ROBERT Ja, warum?
NIKOLAUS Groß bist du schon. Bist du auch immer schön brav gewesen?
ROBERT Ja, warum?
HANNELORE Geh weida, Roberti, sag schön dein Gedicht auf!
ROBERT *sehr trocken* Komm doch, lieber Sankt Nikolaus, komm mit deinem Sack in unser Haus. Pfeffernüsse, Mandelkern, mögen alle Kinder gern.

Adolf hat inzwischen den Fernseher lauter gestellt.

FERNSEHER Komm raus, Miller! Ich weiß genau, daß du hier bist, zeig dich, Coyote! *Musik, Schüsse, Pferdegetrappel.*

Alle, auch der Nikolaus, sehen jetzt fern. – Eine wilde Schießerei, ein Todesschrei, neuer Musikeinsatz.

FERNSEHER Hey, Chandler, Tom hat noch 'ne Prise Dynamit im Sack, jetzt räuchern wir sie aus!

Adolf zündet sich eine Zigarette an. Hannelore nimmt sich eine Handvoll Chips; der Nikolaus sieht verstohlen auf seine Uhr.

NIKOLAUS Ja, ich würde ja noch gerne bleiben, es ist sehr gemütlich hier. TV: Detonation, neuer Musikeinsatz. Aber es warten noch andere Kinder auf den Nikolaus.

ADOLF *abwesend* Ja, also, Wiederschaun, nett, daß Sie dawarn.

HANNELORE Wiederschaun, dann, bis zum nächsten Mal. Sie finden allein raus, gell?

Der Nikolaus schaut schüchtern in der Runde herum, bleibt aber an seinem Platz stehen.

ADOLF Ja, ist noch was?

NIKOLAUS Ja … *Deutet auf Robert.*

ADOLF Ja, was is denn?

NIKOLAUS *verschämt* Ja, das Finanzielle …

HANNELORE Ah ja, stimmt. Des hätt mir jetzt fast vergeßn. Geh weida, Roberti, hol gschwind am Bappa sein Geldbeutl.

Robert unwillig ab. TV: Prärierittmusik, Pferdegetrappel, Peitschenknallen.

ROBERT (*off*) Wo is er denn?

ADOLF *zu Hannelore* Geh weida, geh du mal.

Hannelore ab, Adolf macht den Fernseher etwas leiser.

ADOLF Mögen S' an Schluck Bier?

NIKOLAUS Im Moment nicht, danke.

Adolf macht den Fernseher noch etwas leiser, man hört von unten Gejohle und Motorlärm. Adolf schließt das vorher schräggestellte Fenster, schaut einen Moment hinaus.

ADOLF Herrgott, de spinnerten Deifen. *Setzt sich wieder.*

Der Nikolaus geht ans Fenster, sieht hinaus, man sieht unten eine Rockerclique, die mit dem Bischofsstab des Nikolauses ein Bischofsmützenstechturnier fahren.

NIKOLAUS 'nen Schnaps, wenn Sie vielleicht hätten …

ADOLF Mögen S' an Hubertus oder an Lufthansa?

NIKOLAUS Egal, irgendwas.

HANNELORE So, da hätten mir's. Was macht des jetzt heuer?

NIKOLAUS Zweiunddreißig Euro fünfzig.

HANNELORE Zweiunddreißig Euro fünfzig?!

NIKOLAUS Mit Anfahrt.

HANNELORE Ja, so, ja, i hab gmoant, da is auch a Krampus dabei?

NIKOLAUS Vom Krampus kommt man immer mehr ab. Aus pädagogischen Gründen …

HANNELORE Ah so, ja dann. *Zahlt, erhält Quittung.* Also dann, Wiederschaugn.

ADOLF *abwesend* Wiederschaun, Herr, äh …

NIKOLAUS Ja, behüt euch Gott. Also, Robert, hast du gehört? Immer schön brav sein. *Gibt Robert eine Weihnachtstüte aus seinem Sack.*

ROBERT Dankschön.

Detonation im Fernseher. Text: »Dem haben wir's sauber gegeben. Der ist erledigt« – Musikeinsatz. Der Nikolaus ist verschwunden.

ADOLF …Wieviel hat jetz der Scherz kost?

HANNELORE Zweiunddreißig Euro fünfzig. Mit Anfahrt vom Künstlerdienst.

ADOLF Zweiunddreißig Euro fünfzig, des is ja a Unverschämtheit, dafür kann i ja scho a Doktor kemma laßn.

HANNELORE Ja mei, ois werd teirer.

ADOLF Aber 's nächste Mal nehman mir oan vom Pfarramt. De san billiger. Und echter.

HANNELORE Ja, heuer ham mir ja koan andern mehr kriagt. De vom Pfarramt warn ja scho alle ausgebucht.

Robert geht ans Fenster.

ADOLF Ja mei, na bstellst halt scho glei jetzad oan für nächsts Jahr.

Robert sieht zum Fenster raus, man hört johlende Rocker, die den Nikolaus jagen … Robert grinst.

DAS GESTÄNDNIS

Ja, ich möchte mich von Ihnen verabschieden, weil wir werden uns ja über Weihnachten nicht mehr sehen, ich hab selbst gedacht, daß ich Weihnachten selber außerhalb feiern kann, aber so bin ich halt dann drin, ich hab's gedacht, weil ich eigentlich geständig war, ich habe ja alles durchaus, also, angegeben, und es stimmt ja auch, ich mein, ich steh dazu – ich, war für mich kein Anlass es nicht zugegeben, ich habe über dreiundzwanzig Jahre ohne Gewerbeschein und auch ohne Attest vom Gesundheitsamt am Finanzamt vorbei, also illegal, die Funktion des Nikolaus ausgeübt. Ich habe unter Vorspiegelung falscher Tatsachen einen heiligen Mann gemimt, habe Schwarzarbeit begünstigt, weil ich einen Krampus beschäftigt habe, der selbst nicht amal in Besitz eines Psychotests gewesen ist und somit als Infantenterrorist bezeichnet wurde, ich habe ihn dazu stimuliert, zur Vorteilsannahme, aber, wie gesagt, ich hab das ja alles zu Protokoll gegeben, und das wär's vielleicht nicht gewesen, aber der Casus knacksus war eindeutig, weil man mich beschuldigt hat, daß ich Kinderarbeit begünstigt habe, weil ich meine Kinder dazu ermuntert habe, als Kaspar, Melchior, Balthasar, ohne Genehmigung der katholischen Kirche Menschen, wildfremde Menschen zu sentimentalisieren und sich Vorteile zu verschaffen, und sie sind ja auch von der Polizei in flagranti erwischt worden, wie sie sterngesungen haben, die Beute ist auch von der Polizei sichergestellt worden: acht Mandarinen, ein halbes Pfund Nüsse und Bargeld in Höhe von neun Euro zehn, und ich, ich habe auch gesagt, auch das steht im Protokoll, ich bin jederzeit bereit, den Schaden wieder gutzumachen und, wenn ich wieder heraußen bin, eine Spende zu machen, ich spendiere ein halbes Pfund Spekulatius ans Finanzamt.

DER EINSAME

1. TEIL

Erwin und Käthe Böhm sitzen bei einem Beratungsgespräch im Wohnzimmer Frau Scharp gegenüber, die berät.

SCHARP Da, hier ist der Vincent Häberle, sechzehn Jahre alt. Er hat beide Eltern verloren. Das hat dann dem armen Jungen also dermaßen einen Schock verpaßt, daß sich seine Entwicklung ganz stark verlangsamt hat.

ERWIN Was, an Deppn?

SCHARP Nein, er ist durchaus zurechnungsfähig. Der Arme ist halt ganz allein und a bisserle durcheinander seit dem schrecklichen Verkehrsunfall – beide Eltern, überlegen S' sich des amal.

KÄTHE Naa, sechzehn Jahr, der is ja praktisch a Jugendlicher.

SCHARP Ja, aber grade so ein junger Mensch braucht doch …

KÄTHE Naa, na ham mir da so an Jugendlichen umanandsitzn, da wüßtma ja gar net, was mir mit dem anfangen solln. Scho was Gesetzteres.

ERWIN Aber scho einsam, weil ma will ja helfn.

SCHARP *blättert* Hier nehmen S' doch da diese Frau Güldemet, zweiundvierzig Jahre, Reinigungskraft. Mutterseelenallein. Die ganze Familie ist ausgewiesen worden.

KÄTHE Na, koa Ausländerin. Ausländer scho vo Haus aus net, des ham mir ja glei gsagt. De soll doch hoamfahrn.

ERWIN Außerdem ham ja de gar koa Weihnachtn. De ham ja nur an Ramadan. Da lodn de mi ja aa net ei.

KÄTHE Wenn mir schon an Einsamen nehmen, muß er wenigstens gscheit Deutsch können.

ERWIN 's gibt doch gnua Deutsche, de wo einsam san. I war ja selber einsam. Des war, wo sie in der Urologischen war. Da war i einsam, des war a Weihnachtn, kann ich Ihnen sagen.

KÄTHE Drum macha mir ja des Ganze überhaupts, verstehn Sie?

SCHARP Oder hier, das hier wäre Herr Ottmar Dietz, Kraftfahrzeugschlosser. Hat einmal einen Fehler gemacht und ist dabei auf die schiefe Bahn geraten. Hat aber schon längst …

KÄTHE Naa, koan Zuchtheisler. Dieser Personenkreis kommt doch für uns nicht in Frage. Mir macha des eh nur, weil ich war in der Urologischen vor zwoa Jahr, und mein Mann war damals furchtbar einsam, und mir is aa schlecht ganga, aber so a Personenkreis is doch indiskutabel. So oan dadn Sie doch aa net nehma oder? Stimmt doch.

ERWIN Was ham S' 'n noch da?

SCHARP Vielleicht mehr aus dem Seniorenkreis?

ERWIN Naa, koan Dadderer.

SCHARP Nein, nein, hier, Herr Clemens Friedel, Oberstleutnant a. D., das ist ein sehr rüstiger älterer Herr. Geistig frisch, also, der Mann ist vollkommen da, aber, allerdings, wie gesagt, keine einzigen Angehörigen mehr, alles im Osten gelassen.

ERWIN Ja, des klingt doch recht anständig, den könntma doch nehmen zum ersten Advent.

SCHARP Wir betreuen Herrn Friedel schon seit Jahren. Da hat's noch nie Schwierigkeiten gegeben. Herr Friedel ist sehr gesellig.

KÄTHE Moment – kann ich des Foto noch amal sehn?

SCHARP Bitte, gnä' Frau. Reicht ihr ein Foto.

KÄTHE Ja, aber Sie, der raucht ja, der hat ja a Pfeife im Mund.

SCHARP Ja, Herr Friedel schmaucht gerne ab und zu vielleicht mal ein Pfeifchen …

KÄTHE Naa, so a Pfeifenrauch, der nistet sich ja dermaßen fest, des is ja …

ERWIN Sie mog's net. Wissen S' – die Gardinen …

SCHARP Ja, aber man kann doch ab und zu mal ein Pfeifchen …

KÄTHE Naa, fangen mir gar net an, mir ham doch gsagt, a Nichtraucher. – Hamma net gsagt, a Nichtraucher?

ERWIN Doch, mir ham gsagt, a Nichtraucher. Ich rauch ja scho seit fünf Jahr nimmer. Sie wern doch noch an Nichtraucher ham?!

KÄTHE Ham S' koan Nichtraucher?

SCHARP Nichtraucher …

KÄTHE Es werd doch noch an Deutschn gebm, der wo net raucht, aber – sagn mir mal – einsam is.

ERWIN Halt einer, der für uns in Frage kommt.

KÄTHE Irgendein Deutscher oder an Beamtn oder so, der wo halt aber aa einsam ist, aber scho was Anständigs.

SCHARP Nehmen Sie den Herrn Kusiek.

ERWIN Wie hoaßt der?

SCHARP Herr Kusiek ist Deutscher. Regierungshauptsekretär bei der Bundespost. Da ham S' was Solides.

ERWIN Und der wär noch frei?

SCHARP Meines Wissens, ja. Soll ich Herrn Kusiek für Sie vormerken?

ERWIN Ja, wenn er einsam is, derf er kemma.

SCHARP Also nehmen Sie Herrn Kusiek …

KÄTHE Guat, nehmen mir 'n Herr Kusiek. Aber, Sie, wenn ich amal fragn darf: Wieso is 'n der einsam? Hat der irgendwelche Mackn?

SCHARP Herr Kusiek ist Junggeselle.

KÄTHE Also ja – aber des is dann schon irgendwie …

SCHARP Nein, nein, das geht hundert Prozent in Ordnung. Wir sind ja selber halb staatlich, und unsere Adventspatenschaftsaktion »Macht auf die Tür« ist ja auch mit den Landeskirchen koordiniert. Sie kriegen dann einen Vertrag von uns zugeschickt. Die Aufwendungen für den Einsamen, die Ihnen entstehen, können Sie auch steuerlich geltend machen. – So, dann hättn mir, glaub ich, alles. Herr Böhm, Frau Böhm, ich gratuliere zu so viel menschlicher Wärme und Großzügigkeit. Den Rest schick ich Ihnen dann zu. Also dann, Wiederschaun!

ERWIN Ja, Wiedersehn.

KÄTHE Wiederschaun, äh, hallo, Frau Scharp, äh, an

Moment noch aber, ah, Sie, äh, spätestens um halb elf muß er fei gangen sein, gell? Zweiundzwanzig Uhr dreißig is Zapfenstreich, spätestens!

ERWIN Is ja dann aa lang gnua. Weil irgendwia möcht ma ja aa mal sei Ruah ham, oder?

SCHARP Jaja, das machen wir dann alles schriftlich. Herr Kusiek kommt frühestens bei Anbruch der Dämmerung, verläßt spätestens zweiundzwanzig Uhr dreißig die Adventspatenschaft.

KÄTHE Genau, und dazwischen machen wir's ihm schön. Also, Wiederschaun!

SCHARP Wiedersehn!

ERWIN Wiedersehn!

2. TEIL

Im Fernseher läuft Werbung. Es klingelt.

ERWIN Mach auf, des is er.

KÄTHE Kimm halt aa mit, deanma 'n gemeinsam empfangen.

ERWIN Also guat – wie hat der ghoaßn?

KÄTHE Woaß aa net. Schaug halt im Vertrag nach. *Es klingelt wieder.*

ERWIN Jetzt mach halt auf.

KÄTHE Mach an Fernseher aus, wenn der Bsuach kimmt. Wia schaugt 'n des aus?! *Käthe öffnet die Eingangstür. Herr Kusiek steht in der Tür.*

KÄTHE Ja, guatn Abend.

KUSIEK Bin ich hier richtig bei Böhm? Ich komme wegen dieser Adventspatenschaft.

KÄTHE Ja, kemman S' eina.

ERWIN Wie war jetzt gleich der Name?

KUSIEK Kusiek, Wulf Kusiek.

ERWIN Wulf Kusiek, ja, des stimmt. Steht aa do drin, Sie san's.

KUSIEK Ja, ich bin's.

KÄTHE Kommen S' doch rein, legen S' ab, dann machma's uns gleich gemütlich. – Erwin, leg amal die Platte auf.

Erwin legt Platte auf. Kusiek legt ab.

ERWIN A bisserl a Atmosphäre.

KÄTHE Schön, gell?!

KUSIEK Schön.

3. TEIL

KÄTHE So, ja, Herr Kusiek, was is 'n? Schmeckt Ihnen der Stollen net? Mögen S' vielleicht a Plätzerl?

KUSIEK Nein danke.

ERWIN De san fei guat.

KUSIEK *knabbert an einem Plätzchen* Selbst gebacken?

ERWIN Naa, sie backt scho lang nimmer.

KÄTHE Die san vom Prima 2000 – mit Zimt. Sie kenna ruhig mehr ham. Mir lagern de kartonweise.

ERWIN Ab einem Karton hat ma's zum Sonderpreis. I find, de schmeckn fast besser wia selberbackn. – Vielleicht an Schluck Kaffee?

KUSIEK *winkt ab* Danke, nein, die Galle …

ERWIN Ah so …

KÄTHE Was?

KUSIEK Galle.

KÄTHE Ah ja, Galle. Dann vielleicht an Tee?

KUSIEK Nein danke, Tee erst recht nicht, das Herz …

ERWIN Ah so, es Herz. Is scho schwierig, gell?

KÄTHE Dann vielleicht an Schluck Wein, Herr Kusiek? Mir kanntn 'n ja jetz scho aufmachn?

KUSIEK Bedaure, bin Diabetiker.

KÄTHE Ja, des is a Spätlese, des waar doch was …

KÄTHE Vom Prima 2000 ham mir 'n rausdaucht. Da kauft man recht günstig ein …

KUSIEK Ach …

4. TEIL

Käthe zündet eine Kerze an.

KÄTHE So, Herr Kusiek, jetzt würd ich sagn, machma's uns a bisserl feierlich. Des is ja der Sinn der Sache. – Dreh d' Plattn um, Erwin.

ERWIN Mei, mir ham's halt gmacht, weil i woaß wia des is, wenn ma einsam is.

KUSIEK Ach ja.

ERWIN Weil des war vor zwoa Jahr an Weihnachtn. Da war mei Frau in der Urologischen. Da war ich vielleicht einsam!

KÄTHE Ja, i scho aa. I war ja allein im Zimmer. De andern ham ja alle hoam dürfn über Weihnachtn.

ERWIN I hab aa bloß drei Weißwürscht geßn. De hob i halt grad dahoam ghabt.

KÄTHE Bei uns ham so Kapuzinermönche so Lebkuchen verteilt.

ERWIN Ja, in der Urologischen hams Lebkuchen verteilt an Weihnachten.

KÄTHE Naa, net nur in der Urologischen. Die ham aa in der Chirurgischen und bei de HNO-Patientn, de ham aa an Lebkuachn kriagt. *Sie wird immer gerührter.*

KUSIEK Ach so.

ERWIN Also, glaubm S' mir's, ich weiß was a Einsamkeit is. A Vollkornbrot hab i zu de Weißwürscht eßn müßn, weil net amal a Brezn dawar.

Käthe fängt laut zu weinen an.

5. TEIL

KÄTHE So, Herr Kusiek, jetzt hol ich uns an Punsch.

ERWIN Is's scho so weit? Ja, Herr Kusiek, so is des.

Kusiek holt ein Päckchen Zigaretten aus der Tasche. Zündet eine an. Käthe kommt mit Punsch wieder.

KÄTHE So, jetzad. He, Sie, seit wann rauchen Sie? Mir ham im Vertrag, daß Sie Nichtraucher sind.

KUSIEK Oh, Verzeihung. *Macht die Zigarette wieder aus.*

KÄTHE Na ja, i hab halt gmeint …

ERWIN I hab aa vor fünf Jahr aufghört. Es is wegn die Gardinen, und 's is eh gsünder.

KÄTHE Aber einmal im Jahr dürfn S' doch auch amal a bisserl sündign, Herr Kusiek. Jetzt trinkn mir a Glasl Punsch, gell?

ERWIN Muaß aa mal sein. Is ja schließlich Advent. Prost, Herr Kusiek.

KÄTHE Auf Ihr Wohl. Na, schmeckt er?

KUSIEK Doch, sehr.

KÄTHE Des is a fertiger. Vom Prima 2000. I find, der is fast besser wia wenn ma 'n selber macht.

6. TEIL

KÄTHE Schauts euch doch amal diesen Lichterglanz an. Was so a Kerze an Geborgenheit ausstrahlt.

ERWIN Ja, da kimmt des Elektrisch net mit. Gell, Herr Kusiek?

KUSIEK Ja.

KÄTHE Und dann san Sie praktisch ständig einsam?

KUSIEK Ja, leider.

ERWIN Ja, des dauert lang, bis ma sich daran gewohnt. Aber, ma gwohnt sich an alles. Der Mensch ist ein Gewohnheitstier. Stimmt's, Herr Kusiek?

KUSIEK Tja ...

KÄTHE Aber wenn er mal nimmer lebt, i glaab, i koch mir dann nix. Weil wenn ma aloa is, für was soll i dann kochn?

ERWIN Kochn Sie für Eahna dahoam, Herr Kusiek?

KUSIEK Kaum.

KÄTHE Gell, des rentiert si net?

7. TEIL

KÄTHE Ah, Herr Kusiek, daß mir's net vergeßn: Sie müssen noch unterschreibn, daß Sie da bei uns warn.

ERWIN Wissen S', 's is nur wegam Finanzamt, weil nur dann kann ma des steuerlich absetzn, daß Sie dawarn.

KÄTHE Mach amal a Licht, sonst sieht er ja nix, der Herr Kusiek.

KUSIEK Der Kuli schreibt nicht.

ERWIN Da, schreibm S' mit dem.

KÄTHE Was is, mögn mir jetz vielleicht a bisserl was Herzhaftes? Ich mach uns a Salamibrot oder so.

KUSIEK Nein, leider, der Magen.

ERWIN Ah so, der Magn. Aber mir bringst a Salamibrot, und na bringst ma glei a Bier. I konn des siaße Zeig nimmer sehn.

KÄTHE Aber vielleicht mag der Herr Kusiek noch an Punsch?

KUSIEK Nein, danke.

ERWIN *zu Kusiek* Oan, zwoa Schluck von dem Punsch, na kriag i allweil Sodbrennen.

KUSIEK Ich auch.

ERWIN Gell, Sie auch?

8. TEIL

Erwin und Käthe kauen am Salamibrot. Kusiek ist gerade nicht da.

KÄTHE Was moanst 'n, was der verdient?

ERWIN Mei, ah, vielleicht is er A zwölf oder ...

Kusiek kommt gerade zur Tür herein.

KÄTHE *kaut noch* Mögn S' net doch noch vielleicht so a Salamibrot, Herr Kusiek? Des is wirklich ganz was Leckeres.

KUSIEK Nein danke, im Moment ...

KÄTHE Diese Salami Mailänder Art is es beste an Wurscht, was der Prima 2000 zum Bieten hat. Grad so in geselliger Runde schmeckt's überhaupt am bestn.

ERWIN Was kimmt jetz?

KÄTHE Mögn S' lieber an Krimi im Zweiten oder »Wer bin ich?«, des Ratespiel?

ERWIN Is ja Wurscht. Schaun mir halt amal nei. *Er startet den Fernseher per Fernbedienung. Zu Kusiek* Is scho a Segen, so a Fernbedienung.

KÄTHE Im Dritten kammad so a oider Spielfilm.

KUSIEK »Mord im Orient Express«.

ERWIN Gell, Sie schaun aa ab und zu?

KUSIEK Na ja...

ERWIN Mir schaun eigentlich ganz seltn.

Alle drei gaffen.

KÄTHE Aber wenn mir Bsuch ham, na schaltn mir meistens glei wieder aus.

ERWIN Was kimmt 'n im Zwoatn? *Erwin schaltet um.*

9. TEIL

ERWIN Was kimmt 'n im Österreicher? *Er schaltet per Fernbedienung um.*

KÄTHE Ja, Herr Kusiek, ich will Sie nicht drängen, aber jetz kemman dann gleich die Tagesthemen. Mir ham doch zweiundzwanzig Uhr dreißig verabredet – meines Wissens. Des soll also durchaus kein Rausschmiß sein, aber so allmählich...

ERWIN Wissen S', mir wolln halt aa amal a bisserl unter uns sein. Grad in der stadn Zeit braucht ma a bisserl a Besinnung. Aber es war doch durchaus nett, oder?

DER WEIHNACHTSNEGER

Also, mir ham uns heuer, ham mir uns an Neger kommen lassen an Weihnachten. Des war im Zusammenhang mit dieser Aktion »Brot für die Welt«. Ja, also, ich mein, mir ham schon drauf gschaut, gell, daß was Seriöses reinkommt, net. Er is uns ja eigentlich direkt vermittelt worn von der Landesboden-Kreditanstalt, weil da ist er doch Assistent. Er hat alles kriegt, net, also, mir ham ihm an Spekulatius, ham mir ihm angeboten, an Zopf, an Stollen, was vom Gebäck, also, er war ganz begeistert. Und er is ja auch aus a sehr guten Familie, er kommt aus Tschurangrati, sei Vater is irgendwie König oder so was Ähnliches von Beruf, net. Und, ich mein, mir warn nicht unzufrieden mit ihm, gell, er hat geßn, er hat gschaut, net, er hat die Augen ganz weit und die Ohrwaschel gspitzt, weil des is er ja net gwöhnt, a so a Weihnachtsfest. Aber daß dieser junge Mensch, also aso, sagn mir amal, transpiriert, net, also, daß er so schwitzt, da hat der Bappa, hat gsagt, also, des is ja, des geht ja net, also an Weihnachten, und da Bappa hat auch gsagt, mir nehmen 's nächste Mal kein Neger mehr, gell. Und der Bubi steht ja scho lang auf am Indianer, also, 's nächste Mal nehmma mir uns an Indianer.

ABFENT

Ein idyllischer verschneiter Bauernhof in Oberbayern, Spätnachmittagsstimmung, es wird bald dunkel, im Bauernhof sind die Lichter an, in der Stube blaues Fernsehlichtflimmern. Die sakral-gedämpfte Reporterin steht dem besoffenen Gschwendtnerbauern im Hof gegenüber.

GSCHWENDTNER Abfent, Abfent
ein Lichtlein prennt,
Abfent,
hein Lichtlein preennt …

Gschwendtner gönnt sich wieder einen Schluck Bier, rülpst, torkelt.

REPORTERIN Ja, das war sehr schön, und nun schreitet der Herr des Hofes, Herr Gschwendtner, auf uns zu, und nun gleich die Frage: Äh … Herr, ah …

GSCHWENDTNER Ja?

REPORTERIN Herr Gschwendtner, Advent scheint ja auch im Oberbayerischen …

GSCHWENDTNER Ja.

REPORTERIN … eine alte, uralte Tradition zu sein.

GSCHWENDTNER Ja, des is wahr, Abfent, net, des is quasi aso, ein Abvent, net, ohne einen Abfent, des waar praktisch so gut wia überhaupts kein Abfent. Und drum, mir können's auch kaum mehr derwarten.

REPORTERIN Das ist hochinteressant, was Herr Gschwendtner uns hier erzählt … Und was ist nun das Typische an dieser typisch bayrischen, uralt-christlichen, äh, Tradition?

GSCHWENDTNER Ja mei, es is doch aso, net, sagen mir amal, mir können's halt kaum mehr derwarten, weil bis mir allweil Abfent feiern, net, mir ham also, ah Ding, as Fruahjahr, net, is dazwischen, nacha hamma an Fruahsommer, net, a geht's in Sommer nei …

REPORTERIN Herr Gschwendtner, äh …

GSCHWENDTNER Wia? *Rülpst.*

REPORTERIN Nein, nein …

GSCHWENDTNER Was is?

REPORTERIN Nichts.

GSCHWENDTNER Is was?

REPORTERIN Nein, ah …

GSCHWENDTNER Wos wolln S' denn nachert? Oiso, ah, an Summa hamma scho ghabt, net, nachert kimmt da Spaatsumma, des geht ja quasi bis in'n Herbst, net, und nachert is allwei no a Zeitlang hin, gell, bis daß ma sagn kunnt, daß's asoweit is, und wenn ma nachert an Abfent ham, ah, nachert sagt ma si, ja, jetzad, net, jetzad geht's quasi, also jetzt samma soweit, daß's bald is, und mir können's ja kaum mehr derwarten, net, weil mir scho ganz unruhig und nervös san – bis's soweit is.

REPORTERIN Ja, das ist verständlich, äh ... Sie haben hier in alter Tradition ... gibt es wahrscheinlich irgendwelche spezifischen Backwaren an Advent. Gebäck? Oder gibt es was Besonderes, was Sie in diesen festlichen Tagen zu sich nehmen?

GSCHWENDTNER Ja mei, gell, mir trinken an Abfent, also, da essen mir – an Schweinsbratn gibt's, net, und an Knödel, wie an und für sich sonst auch, mir trinken ein Bier, ah, i trink allweil praktisch, ich hab also, mir ham also des in dem Sinn jetz nicht ... aber Abfent, sagen mir mal, is doch, ah – die Zeit der Erwartung. *Trinkt.*

REPORTERIN Schön. Sehr schön. Advent heißt: Erwarten. Und worauf richtet sich eigentlich die Erwartung, Herr Gschwendtner?

GSCHWENDTNER Ja mei, des is aso, net, wenn's so weitergeht, nacha samma bald im Fasching drin, net, und dann, des is ja doch eine Zeit, wo man sich darauf besinnt, net, weil's ja nachert doch ernst wird. Und des is, man muß sich schon Gedanken machen, ich mein, warum man auch, sagen mir mal, vom Herzen des kimmt, und mir also doch des auch ernst nehmen.

REPORTERIN Ja, wir wollen diese Andacht nicht zerstören, und nun singt uns Herr Gschwendtner noch eines dieser herrlichen inbrünstigen Adventslieder.

Die Reporterin gibt Gschwendtner einen Zwanzigeuroschein.

GSCHWENDTNER *verstaut das Geld und singt dabei* Abfeend, Abfeend, hein Lichtlein preennt ... Sie, des duat ma leid, i muaß jetz nei, d' Sportschau fangt o ... Abfend, hein Liechtlein ... *Er stolpert und fällt hin* Sacklzementzefixhallelujahimmiarschundzwirnvareck!!!

REPORTERIN Wir bedanken uns, und damit geben wir zurück ins Studio.

RÜCKBLICKSERWARTUNG

Wenn jetzt die Kerzen brennen, dann geht's mir so, daß ich dann ganz besinnlich werde.

Das ganze letzte Jahr war für mich ein Jahr ohne Führerschein, weil man ihn mir gezwickt hat. Ich will Sie über die näheren Umstände gar nicht belästigen, weil die gehen schon im Grunde auf Jahre davor zurück. Jedenfalls war ich gezwungen, heuer, also dieses Jahr, vollkommen ohne Führerschein zu fahren. Nur wer die Bedeutung eines Führerscheins erfaßt hat, weiß, was ein Leben heute ohne Führerschein noch wert ist.

Ich habe aber auch meinen Stolz und habe gesagt: »Ich laufe dem Führerschein nicht hinterher, wenn sie ihn mir nicht geben.«

Beruflich bin ich halt äußerst mit dem Führerschein verbunden, weil ich bin von Beruf ein gelernter Bootsverleiher, ich habe ja Bootsverleih studiert, bin aber durch die permanenten Sparmaßnahmen von Staats wegen und durch den

Druck der ausländischen Konkurrenz selbst zu enormen Sparmaßnahmen gezwungen. Ich habe in einer Sofortmaßnahme gleich einmal alle Boote, das heißt, ich habe ja nur eines gehabt, aber das habe ich aufgelöst und damit meinen Verdienst auf ein Minimum heruntergeschraubt. Ich lebe jetzt zirka zehn bis elf Prozent unter dem Existenzminimum und bin auch steuerlich dadurch enorm entlastet, und der Staat tut sich schon sehr schwer, mich auszutricksen.

Ich bin ein Mensch, der, ich weiß nicht, wie es Ihnen geht, aber ich blicke gern zurück. Es gibt Menschen, die schauen immer nach vorn oder manche auch hinunter, ich für meinen Teil schaue zurück, das heißt, ich blicke zurück, weil lange schaue ich mir das nicht mehr an, was da zurückliegt.

Wenn ich zurückblicke zum Beispiel, dann muß man sagen, die letzten Jahre waren äußerst erfolgreich, nicht zuletzt für den Borkenkäfer. Allerdings, was dem Borkenkäfer die Zukunft bringen wird, wage ich kaum auszusprechen, weil wenn einmal kein Wald mehr da ist, dann wird's happig für ihn, und er mag halt gern einmal das Holz.

Sonst, wenn ich zurückblicke, denke ich immer noch gerne an meinen Lottogewinn zurück. Vor drei Jahren, da hab ich sieben Euro dreißig gewonnen, aber das Geld ist heute auch schon wieder verbraucht, und, ehrlich gesagt, so viel Geld war's ja auch wieder nicht. Jedenfalls konnte ich mir meine Reise nach Thailand, die ich gerne angestrebt hätte, mittels Lottogewinn nicht finanzieren. Dann habe ich gedacht, daß ich mir mit einer Organspende die Reise finanziere, mit Hergabe meiner Niere, aber da hat man keine Chance, weil die Ausländer mit ihren Innereien den Markt überschwemmen. Da können wir mit unseren deutschen Körperteilen nicht mehr mithalten, preislich.

Eine Idee von mir war noch, ob ich nicht einen Witz kaufen soll, einen Secondhand-Gag auf der Witzbörse in London, und dann bin ich gleich zur Bank wegen einer Zwischenfinanzierung von dem Witz, damit ich ihn dann mit Gewinn ans Fernsehen weiterverkaufen kann. Ich war dann auch in den Kreditabteilungen und habe ihnen den Witz vorgelegt, damit sie mir Geld drauf geben. Alle in der Bank haben dumm gelacht und haben den Witz in allen Abteilungen verteilt und geprüft, wieviel der Witz wert ist, aber Geld habens mir dann doch keins gegeben. Schade, so kommt der Witz halt nicht ins Fernsehen. Aber beim Fernsehen habens schon so viele alte Sachen, da brauchens nichts

Neues, die wollen halt auf ihren alten Sachen nicht sitzenbleiben.

Die letzten Jahre waren auch sehr ertragreich für die Hausbesitzer, aber wenn sich die Wohnungssituation weiterhin so positiv fortsetzt, wissen Sie, dann bin ich schon so frei und sage: Bitte, da soll dann wohnen, wer will. Ich wohne dann nicht mehr. Ich habe in meinem Leben schon früher öfters gewohnt, ich weiß, wie's geht.

Ja, und jetzt sitze ich da und muß persönlich mit ansehen, wie die Zeit versickert und vergeht, aber wenn ich ehrlich bin, ich habe mir von der Zeit auch nie was anderes erwartet, als daß sie vergeht. Sonst wird ja überall Zeit eingespart und sogar gewonnen.

Ich kann Ihnen sagen, ich gehe sehr großzügig damit um, und das provoziert die Zeitsparer, aber ich haue ja nur meine eigene Zeit zum Fenster hinaus, und die Leute fragen sich, woher ich sie mir nehme. Das verrate ich aber nicht.

Gestern habe ich mir ein Butterbrot geschmiert und habe dazu drei Stunden gebraucht. In dieser Zeit hätte man auch auf die Kanarischen Inseln fliegen oder eine ganze Vorabendserie im Fernsehen anschauen können. Ich habe mich aber fürs Butterbrotstreichen entschieden. Sicher kann man auch ein Butterbrot in drei Minuten streichen, aber das kann ein jeder, und ein dreiminütiges Butterbrot unterscheidet sich kaum von einem dreistündigen, nur im Zeitaufwand liegt der enorme Unterschied. Vielen Leuten, denen ich das dann erzähle, kommt das merkwürdig vor, ja, sie sind ratlos. Aber genau das ist es ja, was mich so begeistert: diese enorme Ratlosigkeit.

SCHÖNE BESCHERUNG

Wie man weiß, ist der Höhepunkt des Heiligen Abends die Bescherung. Der Zeitpunkt, wann sie stattfindet, kann variieren. Sie kann stattfinden vor der Weihnachtsansprache des bayerischen Ministerpräsidenten oder auch nachher, das wäre dann vor der Rede des Bundeskanzlers und der des Bundespräsidenten. Manche Menschen bescheren erst, nachdem sie alle Reden zu sich genommen haben und der wahre Weihnachtsfrieden dann echt eingekehrt ist. Für ein Kind ist besagter Zeitpunkt weichenstellend, und gar schicksalhaft kann sich die Dramaturgie eines Heiligen Abends auf das individuelle Glück eines solchen auswirken.

Ich wohnte im dritten Stock, und unter mir im zweiten – genau unter mir – wohnte mein Kindkollege Herbert K.

Unwiderruflich war es Heiliger Abend geworden. Durch die Zimmerdecke des Altbaus drangen die Entzückensschreie meines Spezis. Es wurde beschert.

»Ja, hört das denn gar nicht mehr auf!« dachte ich gequält und vergaß fast, daß ich selber ja die Bescherung noch vor mir hatte. Mich überfiel eine abgesicherte Ahnung, daß dieses Fest so ablaufen würde wie jedes Jahr, und ich fing an zu schwitzen. Kaum waren die Freudenschreie unten versickert, ging's bei mir oben los. Nur, fürchte ich, nicht so lang.

Der Baum brennt. Ich selbst, im Taumel der Beschorenheit, zähle noch mal die Leistungen des Christkinds nach – da klingelt's auch schon an der Türe. Ich zucke zusammen, atme durch und öffne. Unvermeidlich wie eine Naturkatastrophe steht er vor mir, der Herbert K., mit strengem, prüfendem Blick, einen Notizblock und einen Bleistift in der Hand.

»Und?« fragt er. »Wie schaut's aus heuer?«

»Äh ... sehr gut!« antworte ich windelweich. »Doch ... ziemlich gut!«

»Na ja, dann schaun mir amal!« sagt er und betritt wie ein Gerichtsvollzieher unser Weihnachtszimmer. Ich reihe alle Präsente auf, lüfte auf Wunsch manche Verpackung, um eine realistische Preisvorstellung zu ermöglichen.

Herbert K. notiert.

»Da hab ich noch eine Weiche für die Eisenbahn!« sage ich mit enger Stimme.

»Die hab ich schon!« kommt die trockene Antwort. »Ist das alles?«

»Na ja, ist doch nicht schlecht, oder?« höre ich mich, verzweifelt Zustimmung heischend, sagen. Doch Herbert K. rechnet bereits, flink wie in der Schule.

»Zweiundachtizigeurozehn! Viel mehr wie voriges Jahr ist es auch nicht!« konstatiert er.

Ich weiß, daß er recht hat. Besondere ökonomische Kausalitäten meiner Familie haben sich heuer folgenschwer fürs Christkind ausgewirkt.

»So, jetzt gehma nunta!« fordert Herbert. Stumm folge ich in den zweiten Stock. Schweren Herzens betrete ich den festlichen Raum. Die Präsente sind pyramidenartig aufgetürmt. Wortlos drückt mir mein Freund das bereits vorbereitete Notizblatt in die Hand.

»Du kannst alles nachkontrollieren! Hundertzehn Euro gradaus!«

»Nein, nein, ich glaub's schon«, winke ich ab. Da erhellt ein Hoffnungsstrahl meine Gedanken.

»Du, ich hab's fast vergessen! Ich krieg noch fünfzig Euro von einem Onkel, wenn er kommt!«

Unerbittlich werde ich abgeschmettert. »Was nicht unterm Baum liegt, wird nicht berechnet.«

Da hatte ich die Bescherung. Im Radio beendete

der Ministerpräsident gerade seine Ansprache und wünschte allen – auch den Kindern – fröhliche Weihnachten. Bis zum nächsten Jahr.

SINGLE BELL

Im achten Stock im Block D wohnt Herr Matschl.

Sein Zwei-Zimmer-Apartment hat siebenundvierzig m^2, ist also doch relativ geräumig. Außerdem verfügt es noch über eine Loggia, welche im Winter den Kühlschrank ersetzt.

Der Wohnraum läßt es jedenfalls zu, daß auch dieses Jahr wieder ein Christbaum die Weihnachtlichkeit unterstreicht.

Herr Matschl ist geschieden, seit sieben Jahren, und das Single-Dasein findet er inzwischen, ja, sagen wir, ganz o.k.

Kinderlos und auch sonst mit ziemlich wenig Kontakten ausgestattet, verbringt er die Zeit, die nach der Arbeit anfällt, innerhalb seiner siebenundvierzig m^2.

Noch verheiratet, war immer er es gewesen, der den Christbaum ausgesucht und in der damaligen, immerhin Achtundsechzig-m^2-Wohnung aufgestellt und geschmückt hatte. Aus irgendeinem Grund ist das Volumen des Baumes seit dieser Zeit immer dasselbe geblieben. Obwohl Matschl nun allein ist, hat der Christbaum exakt die Maße wie ehedem. Den Kampf um den Schmuck hat er damals bei der Haushaltsauflösung eindeutig für sich entscheiden können.

Jetzt erleben wir Herrn Matschl, wie er dabei ist, den Baum zu schmücken, und wie er dazu ein Weihnachtslied, nämlich »O Tannenbaum«, summt. Gleich wird er den Videorecorder einschalten, und wir werden im Fernsehen sehen, wie er den Christbaum schmückt und im gelb gestreiften Hemd »Stille Nacht« summt.

Routiniert und entschlossen schmückt Herr Matschl in grauer Wolljacke seinen Baum, hie und da beiläufig in den Video schauend, wie Matschl sich, unverdrossen Christbaum schmückend, im Vorjahr ebenfalls als Christbaumschmücker betätigt hat.

Nun schaltet Herr Matschl die Kamera ein und nimmt auf, also dokumentiert, was er sich nächstes Jahr, dann, wenn er seinen Christbaum schmückt, anschauen wird: nämlich, wie er dabei ist, den Christbaum zu schmücken und betrachtet, wie er damals, also heute, den Christbaum geschmückt hat. Aber das wird er sich – also, wie er jetzt den Christbaum schmückt – nächstes Jahr anschauen.

Nun jedoch schmückt er seinen Baum und schaut sich an, wie er ihn letztes Jahr geschmückt hat. Im Moment vernimmt er christbaumschmükkend, wie er »Stille Nacht« gesummt hat, und wie er jetzt »O Tannenbaum« summt, das wird er sich ansehen, wenn er nächstes Jahr den Christbaum schmücken wird.

Da klingelt's. Herr Matschl geht an die Tür und öffnet. Weihnachten steht vor der Tür in Gestalt von Herrn Ott, einem Single aus dem elften Stock. Er hat seine Kamera dabei und ist bereit aufzunehmen, wie Herr Matschl die Kamera einschaltet, wenn er dann aufnimmt, wie er den Christbaum schmückt.

Herr Ott sagt: »Frohes Fest!« Herr Matschl ist gerührt: »Mein Gott, Herr Ott! Sie schickt wirklich der Himmel!«

»Keine Ursache!« sagt Herr Ott. »Ich versteh schon, ist doch klar!«

DIE LETZTE ATTACKE

Daß der Vater nun endlich aus der Kriegsgefangenschaft gekommen war, um mit mir Weihnachten zu feiern, rechnete ich ihm hoch an. Er selber hatte im Bund mit dem Christkind seine eigene Kindheit auch gleich mitgebracht.

In Zigarrenschachteln lagen unzählige Zinnsoldaten. Bataillone aus aller Herren Länder. Mein Vater wollte, nach seinen persönlichen Kriegserlebnissen, sicher endlich auch einmal Dampf ablassen, und er beschloß, kaum daß der Baum brannte, die Schlacht von Verdun neu zu inszenieren. Wenn man eigene, wenn auch bloß Zinnsoldaten hatte, könnte die Schlacht ja anders ausgehen, ohne Dolchstoß nämlich, und dann konnte man sehr schnell sehen, wie die Deutschen die Übermacht gewannen.

»Fremdenlegionäre wollen die bayerischen Grenadiere massakrieren!« sagte mein Vater. Er war in seinem Element.

»Siehst du, jetzt setzen wir die Reiter in den Graben!« Einige Speiseteller und der Korb mit dem Weihnachtsgebäck mußten weichen, damit die feigen Briten sich verstecken konnten.

»Nein, Belgier sind's!« korrigierte sich mein Vater. »Das sind die Belgier, denen geht jetzt gleich die Luft aus, weil wir ihnen mit der dicken Berta eine vor den Latz knallen!«

Die dicke Berta war ein Geschütz aus Blei, und mein Vater sagte, daß man damit unheimlich weit schießen konnte und daß es denen, die es erwischte, dann den Arsch aufriß.

Ich selber war etwa sechs Jahre alt und wohl etwas überfordert. Die Feigheit der Belgier hat mich nicht zu faszinieren vermocht. Ich glaube auch nicht, daß mich die Kesselschlacht zu Charkow, die schon viel moderner war, mehr begeistert hätte.

»Jetz kommt die große Attacke«, jubelte mein Vater, »mit den Tanks und den Ulanen!«

Während er die Choreographie der gesamten Schlacht neu bewertete, nahm ich einen Zinnsoldaten, einen Reiter, aus einer Schachtel heraus und wußte nichts damit anzufangen. Ich löste meine Verlegenheit dadurch, daß ich den Kopf desselben längere Zeit geduldig in die Kerzenflamme hielt, und – siehe da – er schmolz. Bald darauf auch der Rumpf, ja sogar das ganze Pferd ergab, wenn man nur geduldig wartete, einen schönen heißen Klumpen.

Ruhig und überlegt hielt ich nun einen Reiter nach dem anderen in die Kerze. Als die Schachtel leer war, hatte ich einen wunderschönen großen Klumpen Blei in der Hand.

Aus dem Schlachtengetümmel erschien mein Vater und rief: »So, und jetzt lassen wir die Ulanen aufmarschieren, die geben ihnen den Rest! Wo sind denn die Ulanen?!«

Ich wußte zwar nicht, daß es sich bei den eingeschmolzenen Kriegern um Ulanen gehandelt hatte, aber ich streckte meinem Vater die wunderschöne Bleikugel entgegen. Er war zu perplex, als daß er diesen Akt mit Gewaltandrohung oder mit Gewalt selber hätte beantworten können. Mein Vater war schlicht sprachlos.

Wegen der fehlenden Ulanen haben dann wahrscheinlich wieder diese Franzosen die Schlacht von Verdun gewonnen.

SATISFACTION

Weihnachten im Hahnhof. Jeden Tisch zierte ein Tannengesteck aus Plastik. Der Wein schmeckte wie sonst. Etliche Tische waren freigehalten für Betriebsangehörige, die mit dem Chef besinnlich einen Abend verbringen mußten, dienstlich, versteht sich. Wir selber gehörten zwar keinem Betrieb an, aber wir waren Stammgäste und hatten uns eigentlich täglich, den gesamten Advent hindurch, aus abendländischer Tradition dem Roten Ia gewidmet.

Mein Nachbar, ein gewisser Abendroth, bemerkte, er vertrage diesen Wein sehr gut, und dies sei wunderbar, denn er habe eine Allergie, deren Ursache er noch herausfinden wolle.

Unsere Unterhaltung wurde plötzlich abrupt unterbrochen. Es strömte nämlich eine ganze Schwadron Corpsstudenten ins Weinlokal und belegte den langen reservierten Tisch vor uns. Sicher, sie lärmten ein bißchen, und sie sahen mit ihren Säbeln auch ein wenig befremdlich aus, aber ansonsten schienen sie harmlos, und ihren Reden zufolge waren sie gekommen, um sich auf die Weihnachtsfeier in ihrem Stammhaus vorzubereiten.

Die Augen meines Nachbarn Abendroth waren grün, und – ich täusche mich nicht – nach jedem weiteren Schoppen wurden sie grüner. Er starrte unentwegt auf die Corpsstudenten, die sich selbst, uns und das ganze Lokal beständig mit Lachsalven eindeckten und dazu auch noch stakkatoartig mit den Handflächen auf den Tisch droschen.

»Nicht mehr lange«, stöhnte mein Nachbar, »und dann singen die auch noch!« Seine Augen funkelten nun in solch einer Grünheit, wie man sie nur von Gespenstern aus der Geisterbahn kennt.

Er schüttete noch einen Schoppen Ia hinunter, stand dann auf und sprach halblaut: »Meine Allergie, da ist sie wieder!« Er deutete auf einen Corpsstudenten vor uns und knirschte: »Diesen da, den nehm ich!« Er beugte sich über den Mann mit Säbel und entleerte seinen gesamten Mageninhalt in das Genick des Corporierten. Vom Mittagessen bis zum Zeitpunkt des Entleerens war ich selbst Zeuge einer Leberspätzlesuppe, eines Rumpsteaks mit Röstkartoffeln und Salat, sodann Quark mit Zwiebeln, drei Senfbroten, Weihnachtsgebäck, zwei Marzipanlebkuchen sowie neun Schoppen Ia.

Der Corpsstudent erstarrte, die Lachsalven erstarben, und die Weihnachtsstimmung gefror. Abendroth eilte nun, nach der Tat, zielstrebig zur Toilette, um seine Allergie noch zur Gänze auszukurieren.

Der Student wand sich mühsam und von Ekel geschüttelt aus seinem besudelten Wichs, folgte dann dem Täter und trommelte wütend mit den Fäusten gegen die Klotür: »Satisfaktion, du Schwein, du elendes! Ich verlange Satisfaktion!«

Abendroth würgte nur ein dankbares »Uääh – ruhgh – uääh!« hervor, denn er hatte die Ursache seiner Allergie gefunden.

DER RAUSCHGOLDENGEL

Der Kraftfahrer Hofinger war Kraftfahrer von Beruf. Ansonsten hatte er viel Freude am Durst. Diese Freude hielt er gewissenhaft mit Bier und Schnaps aufrecht.

So begab es sich, daß Hofinger an einem herrlichen Heiligen Abend nachmittag, voller Schnee und Kälte, der Wirtschaft »Zum Atzinger« zustrebte, um sich dort auf die Feierlichkeiten des Tages gebührend einzustimmen.

Zum Entree genehmigte er sich in kleinem Kreise – es waren noch der Emigrant Kovacs und der Trambahner Gerstl dabei – sieben Weißbier und flankierend dazu diverse Obstler.

Als dann der Lärm draußen auf der Straße langsam einschlief, begann Hofingers Weihnachtsstimmung zu knospen, und dementsprechend genoß er den Weihnachtsbock, ein Getränk, welches extra für die hohen Festtage hergestellt wird. Aus der Musiktruhe erscholl Country-music, und gleichzeitig aus einem anderen Geräuschspender, also sozusagen synchron, informierte einen der Heimatsender präzise über den gesamten Weihnachtsverkehr im Freistaat.

Diese Beschaulichkeit stimulierte den Hofinger bewegt zum ersten inbrünstigen »Stih-hi-le Nacht, ha-li-ge Nacht…«. Der Emigrant stimmte sogleich mit ein und verbreitete Seliges. Hofinger unterbrach verblüfft: »Ja, was bist 'n nachert du für oana? Bist etz du a Asylant oda a Dissident oda a Flichtling, oda gar a Mafioso? Ha, ha?!« Hofinger war beeindruckt. »Singt der ›Stille Nacht‹!«

Kovacs beantwortete diese Fragen nicht, jedenfalls nicht an diesem Weihnachtsabend im Atzinger. Er hielt sich lieber an den Bock und feierte. Gerstl hingegen trank eine vulgäre Halbe nach der anderen, freilich ab und zu durch einen Nikolaschka unterbrochen gegen »des siaße Zeig, des wo oam an Weihnachtn oiwei an Mogn vapappt«.

Da der Atzinger keine Wärmestube mit »open end« war, speziell an Festtagen wie diesen, erfolgte um sieben Uhr die unerbittliche Räumung. In der ernüchternd kalten Winterluft animierte Gerstl: »Gehts weida, i hab scho no a paar Tragl am Balkon. Na wartma hoid bei mir aafs Christkindl!«

Gerührt willigten die beiden anderen ein. Auf

»O du fröh-liche-he …« folgte bald »Wir lagen vor Madagaskar« und »Marina, Marina«. Die Stimmung konnte nicht besser sein.

Beim Hofinger tat das vierundzwanzigste Bier, noch dazu eisgekühlt, seine Wirkung. Abrupt riß es ihn von der Liedertafel in Richtung Toilette. Ob er selbst noch merkte, daß es bereits zu spät war, ist nicht überliefert.

Nachdem das Duett das gesamte verfügbare Liedgut verbraucht hatte, bemerkte Kovacs: »Wo isss Hofinger? Heim sssu Familie, oder was?«

»Ja Herrschaft, wo is er denn?!« fragte auch Gerstl – und fand die Bescherung in seiner Diele.

Was jetzt geschah, muß jeden echten Christenmenschen, der von der allgemeinen Verrohung der Zeit noch nicht ganz versaut ist, bewegen.

Der Trambahner und der Emigrant schleppten den hundert Kilo schweren Kameraden ächzend und stöhnend drei Treppenaufgänge hinunter. Beim Umgreifen entglitt er ihnen hin und wieder, dann donnerte sein Kopf schwer über die steinernen Stufen. Es ging durch die kalte Nacht, vorbei an Tannenbäumen im Lichterglanz und dann, zwei Straßenzüge weiter, durch den Hinterhof nochmals zwei Stockwerke hinauf. Dort legten sie ihn vorsichtig, um den Weihnachtsfrieden nicht zu stören, vor seine Wohnungstüre und schoben ihm fürsorglich den Fußabstreifer unter das zerschundene Haupt. Kovacs, der Mann aus der Fremde, steckte ihm noch eine ungeöffnete Flasche dunklen Bocks der Marke Hopf zwischen die Finger. Dann verließen sie ihn mit der Gewißheit, die ihrige Christenpflicht voll erfüllt zu haben.

In Hofingers Wohnung war der Heilige Abend bereits zelebriert worden. Die Mama mit den drei Kleinen und die Oma, Hofingers leibliche Mutter, hatten die Abwesenheit des Vaters zwar beklagt, aber hingenommen, weil man ja in etwa eh wußte, wie es ausgeht, wenn der Bappa »no amoi schnell a wengerl zum Atzinger neischaut«.

»Pst«, flüsterte die Oma und drehte den Fernseher leise, »i hab draußt was ghört!« Hurtig spurteten die Kinder zur Wohnungstür, öffneten und – »Der Bappa is's …« riefen sie. »Der Bappa is's! Er liegt im Treppenhaus! Er is hoamkemma … der Bappa!«

Ein Anflug von Frohheit entfaltete sich auf dem Gesicht der Oma, die überhörte, wie es dem Munde der verhärmten Frau Hofinger entfuhr: »Total daschpiem und daschißn. De bsuffane Drecksau, de bsuffane!«

VORSICHT, NEUJAHR!

Liebe Spekulanten, Ministranten und Quotanten!

Wiederum, oder besser, abermals, oder lassen Sie mich sagen, aufs neue steht uns, um es altmodisch zu sagen, das event before. Vor unseren Augen verblaßt, verbleicht, verjährt sich ein Jahr, als ob es schon immer so gewesen wäre. Da stellt sich einem doch unweigerlich die Frage: Ja, wo ist es denn geblieben?

In aller Bescheidenheit – ich weiß es! Und ich werde es Ihnen auch sagen: beim Steuerberater, im Leitzordner!

Das heurige Weihnachten war wieder ein voller Erfolg. Die Tante Wally hat Fingerhandschuhe und ein paar Mietwohnungen in Leipzig geschenkt gekriegt, der Onkel Rudi eine Flasche Wein und eine Seenplatte in Mecklenburg. Meine Frau wollte schon immer gern den Stechlin haben, der war aber leider bereits vergriffen, dafür hat sie dann halt den

Oderbruch bekommen und ein Parfüm wie jedes Jahr.

Nur dem Vati ist es immer schwer, was zu schenken. Er mag nichts im Osten – na ja, dann kriegt er halt im nächsten Jahr ein Männerhouse in Florida.

Gleich werden jetzt Scharen von Politikern uns ihre Wortdressuren vorführen wie »Kontinuität darf nicht außen vor bleiben« oder »An die Zukunft glauben heißt Vertrauen schaffen« und »Ja zur Solidarität mit der Herausforderung!«. Da kann ich zustimmen. Ein Politiker ist immer eine Herausforderung, vor allem, wenn er mit einem solidarisch ist. Daß aber mein persönlicher Kanzler als mein Repräsentant extra wegen mir, nur um mich zu repräsentieren, auf eigene Kosten nach China gefahren ist, und das noch in diesem Jahr, wo er doch im nächsten soviel zu tun haben wird, erfüllt mich mit Dankbarkeit. Sehr bewegt hat mich auch, daß mein Ministerpräsident, um meine Geschäfte in Südafrika zu promoten, wegen meiner, also mir, sich dort hat blicken lassen. Das nenn ich Solidarität! Derweil hätt's das gar nicht gebraucht in meinem Fall, weil ich ja Tretboote verleihe und Südafrikaner nur spärlich zu mir kommen.

Dieses Jahr war vor allem ein Jahr der Kontinuität wie bei meinem Bekannten, einem Konservativen, einem echten Traditionalisten, der sagt, er hat schon vor Jahren keinen Kredit mehr von der Bank bekommen, so auch dieses Jahr, und auch im nächsten Jahr wird sich daran nichts ändern, da ist er – Euro hin, Ecu her – zuversichtlich.

Aber was ist schon ein Jahr? Gerade noch war der Nikolaus da mit seinem Gabensack, da steht schon wieder der Gerichtsvollzieher vor der Tür. Wenn uns die Veterinäre versichern, daß ein Menschenjahr gleich sieben Hundejahre ist, vermute ich, daß es unter den Hunden auch welche gibt wie mein Spezi, der hat's gerade noch in diesem Jahr geschafft, auf Anraten seines Steuerberaters, rechtzeitig in die CSU einzutreten, weil er eine Verlustzuweisung braucht, und charakterlich kann er's dann auch absetzen.

Wenn jetzt dann gleich die unzähligen Moderatoren in den Programmen vor Enthusiasmus in die Höhe hupfen wegen Sylvester, und wenn's dann kracht, nehme ich meinen Laptop und errechne, für wieviel Geld mein Nachbar hinaufschießt. Jedesmal, wenn einer »aaaah« schreit, weiß ich, was es kostet. Anschließend beteilige auch ich mich am Feuerwerk. Punkt zwölf Uhr öffne ich umsichtig eine Streichholzschachtel, entnehme besonnen ein Zündholz; mit dem linken Zeigefinger spanne ich es auf die

Reibfläche, dann schnalze ich es mit dem Mittelfinger der rechten Hand in die Luft, wobei es sich inflammiert. Diesen Vorgang wiederhole ich zwei – bis dreimal, weil er beeindruckend preiswert ist und die Symbolik trotzdem erhalten bleibt. – So schnell verglüht ein Jahr!

Was aber wird uns das neue bringen? Das Drei-Liter-Auto? Vielleicht lauert aber auch schon ein Attentäter mit einem Zwei-Liter-Auto auf uns! Mit einem Hundert-Liter-Tank!

Ja, wann, frag ich Sie, komm ich denn dann noch zum Einkaufen in meinen Tankshop? Ich muß doch auch leben! Ich kann mich nicht wie so sogenannte Kunstmaler hinstellen, ein Bild herzeigen und auch noch Geld dafür verlangen, oder wie diese Kleinkunsttheater, die eine Subvention wollen, bloß daß man zu ihnen hineingeht. Ganz zu schweigen von diesen Musikern, die sich in Konzertsälen einnisten wollen auf unsere Kosten, wo doch ein jeder weiß, daß Musik in den Radio gehört und umsonst ist. Da sagen die, wegen live – wo ich doch selber live bin; weil ich besitze eine Schüssel, und wer eine Schüssel auf dem Dach hat, braucht keinen Riß mehr im Hirn. Ich kenne die Welt, und wer sie kennt, der weiß, daß sie zu uns kommen will – da brauchen wir doch nicht zu ihr hin! Ich selber habe den festen Vorsatz, ich werde mir auch im neuen Jahr kein Bild kaufen, und in ein Theater bringen mich keine zehn Pferde hinein. Warum auch, die ganze Welt will doch so sein wie wir – das sieht ihr ähnlich. Und wir waren uns früher viel ähnlicher als heute, und auf daß wir uns im nächsten Jahr noch ähnlicher werden, darauf trinke ich.

Vorsicht, Neujahr!

DIE WEIHNACHTSGRATIFIKATION

Eine Rentnerin moniert.

He, Sie, hallo, hallo, wo bleibt denn meine Weihnachtsgratifikation? He, ja, Herrschaft, hallo, es geht um meine Weihnachtsgratifikation. Ja Herrschaft, ist da niemand da? Meine, meine Weihnachtsgratifikation zu Weihnachten. Ja, Sie, wo bl... Sie, hallo, meine Weihnachtsgratifikation. Ich, ich erhalte eine Weihnachtsgratifikation von sieben Euro sechzig, wo, ich meine, wo ist denn die?

GERHARD POLT

geboren am 7. Mail 1942 in München, aufgewachsen im Wallfahrtsort Altötting, studierte in Göteburg und München. Seit 1975 brilliert der Skandinavist, Sänger, Schauspieler, Poet und Philosoph auf deutschen und internationalen Bühnen. Er lebt und schreibt in Schliersee, München und Terracina.

HANNS CHRISTIAN MÜLLER

geboren am 14. April 1949 in München, arbeitete seit 1974 eng mit Gerhard Polt zusammen. Als freier Regisseur, Autor, Komponist, Musiker, Darsteller, Filmcutter und Produzent ist er bei Theater, Rundfunk, Film, Fernsehen sowie bei Plattenfirmen und Buchverlagen tätig. Er lebt in München und am Ammersee.

VOLKER KRIEGEL

geboren an Heiligabend 1943 in Darmstadt, wurde vor allem als Jazzmusiker und Illustrator bekannt. Er hat zahlreiche Schallplatten veröffentlicht und sich außerdem als Cartoonist, Rundfunkautor, Dokumentarfilmer, Übersetzer und Erzähler einen Namen gemacht. Er starb im Juni 2003 in Spanien.